TechniSat HD-Vision 32/40

LCD TV für Kabel-, Sat-, und DVB-T Empfang

Programmplatzmischung analoger und digitaler Programme möglich!

Der Einzige, der 3x Digital Direkt kann

81/102 cm sichtbares Bild

Mit dem integrierten Multitunerkonzept empfangen Sie Digital-Sat, Digital-Kabel, das digitale Antennenfernsehen (DVB-T), analoge Kabel- und Antennen-Signale sowie UKW Radio.

2) HD-Vision 40 Testnote 2,51

ab UVP €1.899,99
(Unverbindl. Preisempfehlung)

Features:

- 32"/40" LCD-Fernseher 16:9 (81/102 cm sichtbares Bild)
- Auflösung: 1366 x 768 (Linien x Zeilen)
- 16,7 Millionen Farben
- **HD ready**
- ...ntrast 1000:1
- ...lligkeit 500 cd/m²
- **...ltifunktionstuner (für DVB-S, ...B-T, DVB-C, Analog-Kabel und ...alog-Terrestrik)**
- ...3 Dolby Digital bitstream out
- ...Wege-Lautsprechersystem mit ...ssreflex (Lautsprecher ...nehmbar)
- **Komfort-EPG „SiehFern INFO“**
- aTHP (= advanced TechniSat Home Platform)
- Installationsassistent AutoInstall
- Automatisches Software-Update
- 2 Scartanschlüsse
- **2 HDMI-Anschlüsse (HDCP implementiert)**
- **USB-Anschluss**
- Common Interface-Schnittstelle u.v.m.

Weitere TOP TechniSat Produkte auf den Innenseiten

Made in Germany - Arbeitsplatz sichernd

Weitere Informationen erhalten Sie unter:
www.technisat.de

TechniSat DIGITAL
DAS ORIGINAL

scharf schärfer DIGITAL

TechniSat DIGIT® MF4-S

Digitaler Satelliten-Receiver mit CONAX- und CryptoWorks-Entschlüsselungssystem

Der Alleskönner - Idealer Receiver nicht nur für Bundesliga-Fans

Digital SAT

Der DIGIT MF4-S geeignet für arena*

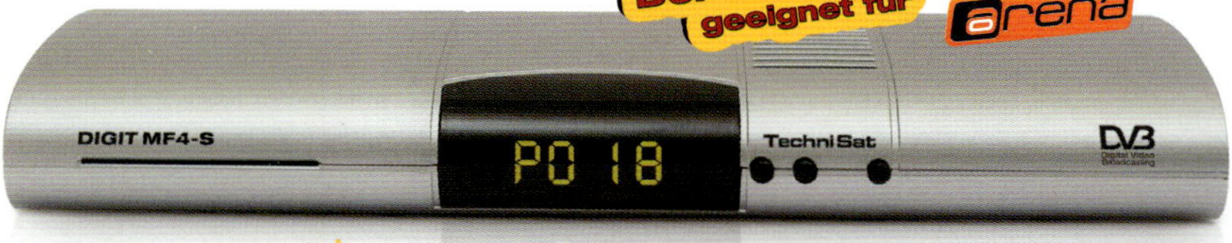

CryptoWorks – Integriertes CryptoWorks-System

conax – Integriertes CONAX-System

UVP €149,99
(Unverbindl. Preisempfehlung)

STIFTUNG WARENTEST
GUT
Im Test: TechniSat DIGIT MF4-S
test 11/2005
www.test.de

Made in Germany
- Arbeitsplatz sichernd

+ kostenlose TechniSat-SmartCard

Beim Kauf eines DIGIT MF4-S erhalten Sie kostenlos eine für 30 Tage freigeschaltete TechniSat-SmartCard zum Empfang des verschlüsselt abgestrahlten TechniSat-Radio Bouquets via ASTRA 19,2° Ost.

+ Digitales MTV-Paket mit der TechniSat-SmartCard empfangbar

(Freischaltung über MTV unlimited Pre-Paid-Card vorausgesetzt)

MTV 2 · MTV hits · VH1 · MTV · VH1 classic · base. · MTV Music

+ easy.TV Smartcard

Dem DIGIT MF4-S liegt eine easy.TV Smartcard bei (inkl. Freischaltung für 30 Tage bei 3 € Anmeldegebühr)

Die ideale Box zum Empfang des TechniSat-Radio Bouquets, RADIOROPA Hörbuch, MTV unlimited, easy.TV und arena.
Der DIGIT MF4-S empfängt auch mehrere hundert FreiSAT- Digital Fernsehprogramme und dutzende weiterer Radiosender.

* arena sendet CryptoWorks-verschlüsselt. Zum Empfang von arena benötigen Sie ein kostenpflichtiges arena-Abo inklusive Smartcard.

teleropa Direkt-Versand

Diese Produkte können Sie noch heute bei uns bestellen!

Bestellhotline zum Ortstarif: **01801 / 808888**
Internetshop: **www.teleropa.de**

Es gibt wieder richtig gutes Radio:

TechniSat-Radio Bouquet -

Die besten Programme für Sie!

Alle Programme des TechniSat-Radio Bouquets auf einen Blick:

Euro Klassik 1 Für Klassikfans	Radio Viola Opern und Operetten	radio Swiss classic Klassik zum Entspannen	STAR SAT KLASSIK Die erfolgreichsten Klassik-Hits
radio Swiss jazz Jazz, Soul & Blues	jazztime 24 Stunden am Tag Jazz-Zeit	WISSANTIS Das Wissensradio Für Wissensdurstige	STAR SAT GOLD Oldies rund um die Uhr
STAR SAT COUNTRY Für Country-Freunde	STAR SAT HIT EXPRESS Chart-Hits	STAR SAT MELODIE Schlager- und Volksmusik	STAR SAT EASYTI Tanz- u. Instrumentalmusik
Alles was Kinder interessiert Kinder Radio / Radijojo Konzertsaal eins / Radio Opera Opern, Kunst & Kultur	UNVERSCHLÜSSELT! RADIOROPA BERLIN Ihre Berliner Infowelle Ihre Berliner Infowelle	RADIOROPA Hörbuch 1 Klassische Literatur und Belletristik	RADIOROPA Hörbuch 2 Kriminalromane und Thriller
RADIOROPA Hörbuch 3 Sach- und Wirtschaftsliteratur			

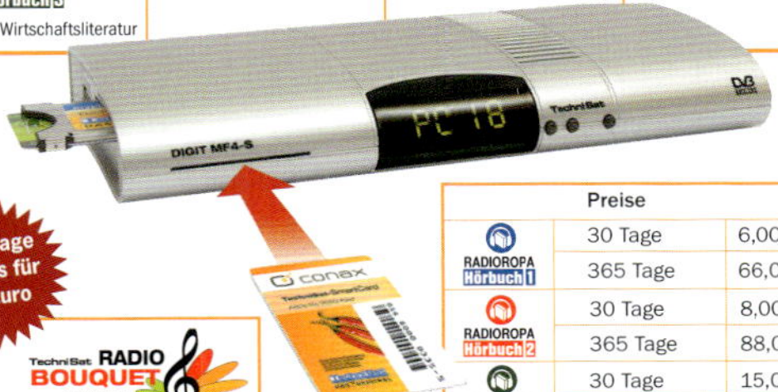

365 Tage bereits für 20 Euro

TechniSat RADIO BOUQUET
ASTRA 19,2° Ost

Preise	
30 Tage	3,00 EUR
365 Tage	20,00 EUR

Preise		
RADIOROPA Hörbuch 1	30 Tage	6,00 EUR
	365 Tage	66,00 EUR
RADIOROPA Hörbuch 2	30 Tage	8,00 EUR
	365 Tage	88,00 EUR
RADIOROPA Hörbuch 3	30 Tage	15,00 EUR
	365 Tage	165,00 EUR
Hörbuch 1 / Hörbuch 2 / Hörbuch 3	30 Tage	20,00 EUR
	365 Tage	199,00 EUR

Features DIGIT MF4-S:

- Empfang von freien und verschlüsselten digitalen Fernseh- und Radioprogrammen via Satellit
- **Kostenloser Programminformationsdienst: „SiehFern INFO“**
- **ISIPRO: automatisches Programmlisten-Update via Satellit**
- **Software-Update via Satellit**
- Integriertes CONAX- und CryptoWorks-Entschlüsselungssystem mit einem Kartenleser
- Vorbereitet zum Empfang des TechniSat-Radio Bouquets
- Vorbereitet zum Empfang von MTV unlimited und easy.TV
- Vorbereitet zum Empfang von arena
- Vorprogrammierte Programmliste
- AutoInstall (Installationsassistent)
- Inklusive CI-Steckplatz
- Dolby AC3 optischer + elektrischer Digitalausgang
- 2 SCART-Anschlüsse
- 4-stellige LED-Anzeige
- 4.000 TV- / Radioprogrammspeicherplätze
- RS 232 Schnittstelle
- DiSEqC 1.2

u.v.m.

DigiDish® 33 Paket

Komplettpaket inklusive Digitalreceiver DIGIT MF4-S

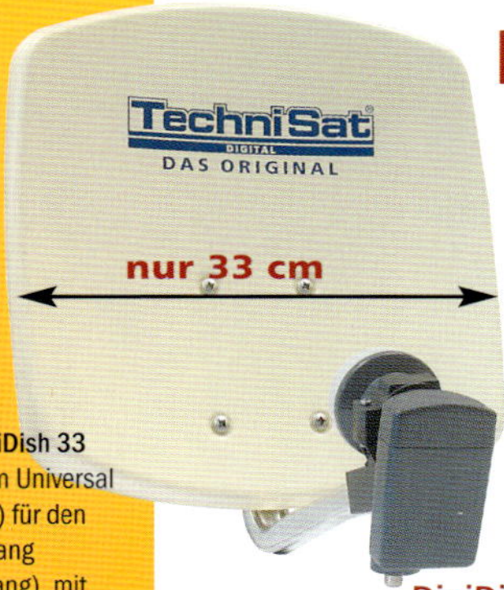

Die Minisatellitenantenne DigiDish 33 bietet eine enorme Empfangsstärke und benötigt aufgrund ihrer kompakten Maße von nur 33 cm äußerst wenig Platz. Somit läßt sie sich unauffällig an der Hauswand oder auf dem Balkon installieren.

Im Paket enthalten:

- **Hochleistungs-Alu-Sat-Spiegel DigiDish 33** mit digitaltauglichem Universal V/H LNB (TWIN LNB) für den Einteilnehmer-Empfang (2 Teilnehmer Empfang), mit komplett vormontierter AZ/EL-Halterung, kompakte Maße: nur 33 cm breit, Hochleistungs-Aluminium-Offsetspiegel
- **Wandhalterung** mit neuer Halterungstechnik für die einfachste und schnellste Wandmontage zur Befestigung an Haus- oder Garagenwänden
- **Digitaler Sat-Receiver DIGIT MF4-S inkl. Scartkabel**
- **10 m Kabel mit Steckern**
- **TechniSat-SmartCard** zum Empfang des TechniSat-Radio Bouquets via ASTRA 19,2° Ost (freigeschaltet für 30 Tage) und MTV unlimited.
- **easy.TV SmartCard**
- **Montagewerkzeug**

Mehr Infos unter www.digidish.de

Hier ist alles drin:

DigiDish 33 Komplettpakete für den Ein- oder Zweiteilnehmerempfang

STIFTUNG WARENTEST
GUT
Im Test: TechniSat DIGIT MF4-S
test 11/2005
www.test.de

ab UVP €169,99
(Unverbindl. Preisempfehlung)

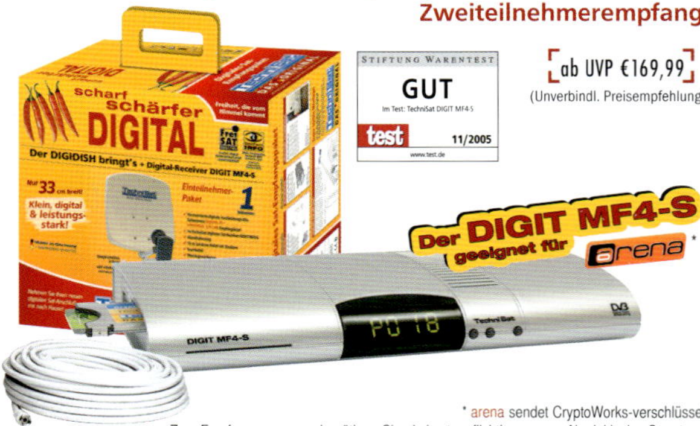

* arena sendet CryptoWorks-verschlüsselt.
Zum Empfang von arena benötigen Sie ein kostenpflichtiges arena-Abo inklusive Smartcard.

teleropa Direkt-Versand

Diese Produkte können Sie noch heute bei uns bestellen!

Bestellhotline zum Ortstarif: **01801 / 808888**
Internetshop: **www.teleropa.de**

Multytenne®

Über 3000 Programme von 4 Satpositionen

Das gab es noch nie! Empfang von 4 Satpositionen mit einer nur 45 cm kleinen Empfangsantenne - ohne Drehmotor

Die Multytenne ist eine Minisatellitenantenne mit nur 45 cm Durchmesser und einem zum Patent angemeldeten digitalen Empfangskopf, über den in Deutschland digitale TV- und Radioprogramme von gleich vier(!) unterschiedlichen Orbitpositionen empfangen werden können und das ganz ohne Drehmotor.

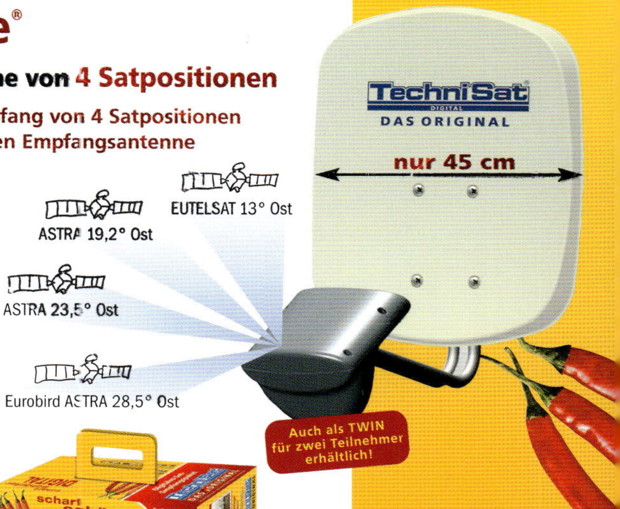

UVP €289,99

(Unverbindl. Preisempfehlung)

* arena sendet CryptoWorks-verschlüsselt.
Zum Empfang von arena benötigen Sie ein kostenpflichtiges arena-Abo inklusive Smartcard.

Im Paket enthalten:

- **TechniSat Multytenne** (SATMAN 45 Multytenne Empfangseinheit)
- **Digitaler Sat-Receiver DIGIT MF4-S inkl. Scartkabel**
- **10 m Kabel**
- **TechniSat-SmartCard** zum Empfang des TechniSat-Radio Bouquets via ASTRA 19,2° Ost (freigeschaltet für 30 Tage) und MTV unlimited.
- **easy.TV SmartCard**
- **Wandhalterung aus Alu**
- **Montagewerkzeug**

Digitales Antennenfernsehen
DVB-T

Infos zum Empfang des digitalen Antennenfernsehens (DVB-T) in Ihrer Region finden Sie unter **www.dvb-t-portal.de**

Features DigiPal 2:

- Empfang digitaler Programme über Antenne
- **Kostenloser Programminformationsdienst: »SiehFern INFO«**
- **Software-Update-Funktion über Antenne**
- **AutoInstall Installationsassistent**
- 2 Scart-Anschlüsse
- Komfortables Bildschirmmenü (OSD) in 14 Sprachen
- 4000 Programmspeicherplätze
- 4-stelliges LED-Display
- Elektrischer Audio-Digitalausgang / Dolby AC3
- Super TechniText mit 1.000 Seitenspeicher

u.v.m.

TechniSat DigiPal® 2

Digitales Antennenfernsehen mit Deutschlands meistverkauftem DVB-T Empfänger

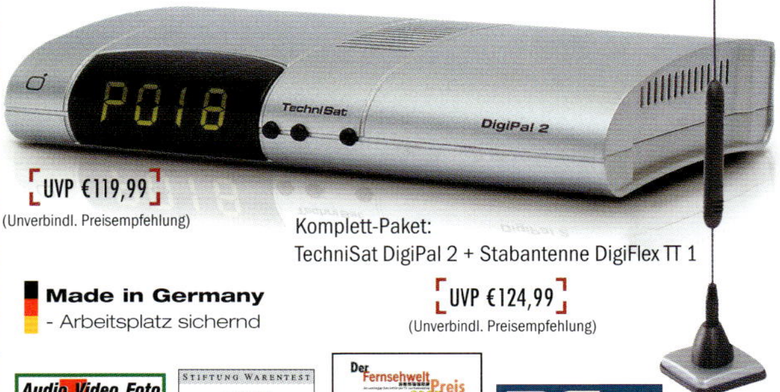

UVP €119,99
(Unverbindl. Preisempfehlung)

Komplett-Paket:
TechniSat DigiPal 2 + Stabantenne DigiFlex TT 1

UVP €124,99
(Unverbindl. Preisempfehlung)

Made in Germany
- Arbeitsplatz sichernd

Audio Video Foto Bild 8/04 Preis- Leistungs-Sieger

Stiftung Warentest GUT Im Test: TechniSat DigiPal 2 test 3/2005 www.test.de

Der Fernsehwelt Preis 2005

HomeVision 3 05 TESTSIEGER

PC go 4 05 sehr gut

TechniSat DigitMod® T1

Made in Germany
- Arbeitsplatz sichernd

DVB-T Receiver mit 12 Volt Netzteil für den mobilen Empfang

Originalgröße: 160 x 35 x 105 mm (B x H x T)

Stiftung Warentest GUT Im Test: 13 DVB-T Empfänger test 3/2006 www.test.de

UVP €99,99
(Unverbindl. Preisempfehlung)

TechniSat DigiCorder T1

DVB-T Festplattenreceiver mit TIMESHIFT-Funktion

Audio Video Foto Bild 02/05
Preis - Leistung: GUT
2. Platz
Im Test: 10 Festplattenreceiver

video Ausgabe 08/2005
TESTSIEGER

ab UVP €299,99
(Unverbindl. Preisempfehlung)

Made in Germany
- Arbeitsplatz sichernd

TechniSat DIGIT® MF4-T

Digitaler DVB-T Receiver mit CONAX-Entschlüsselungssystem und Smartcard-Leser

Ideal für den Empfang von RADIOROPA Hörbuch in Berlin!

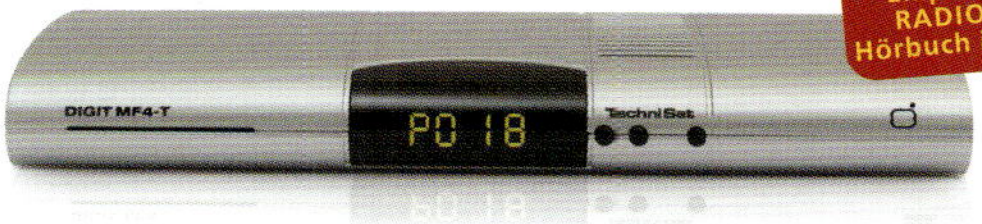

conax
Integriertes CONAX-System

Made in Germany
- Arbeitsplatz sichernd

UVP €149,99
(Unverbindl. Preisempfehlung)

Features DigiCorder T1:

- Empfang digitaler Programme über Antenne
- **Kostenloser Programm-informationsdienst: »SiehFern INFO«**
- **Software-Update über Antenne**
- **AutoInstall**
- **TIMESHIFT (zeitversetztes Sehen)**
- 40/80 GB Festplatte
- COMMON INTERFACE
- Timerprogrammierung mit einem Knopfdruck • PLL-Modulator
- Schnittfunktion zum Nachbearbeiten von bestehenden Aufnahmen
- 16-stelliges alphanumerisches Display
- 4000 Programmspeicherplätze
- Dolby AC3 optischer und elektr. Digital-ausgang u.v.m.

Features DIGIT MF4-T:

- Empfang digitaler Programme über Antenne
- **Kostenloser Programm-informationsdienst: »SiehFern INFO«**
- **Software-Update über Antenne**
- **AutoInstall**
- **Integriertes CONAX Zugangs-system + Smartcard-Leser**

TechniSat MP4 Player

Digitaler MP4 Player mit 1,5" True Color LCD Display

Made in Germany
- Arbeitsplatz sichernd

ab UVP € 89,99
(Unverbindl. Preisempfehlung)

Tragbares Gerät zum Abspielen digitaler Audiodaten im MP3-, WMA-, WAV- und JPEG-Format. Dieser MP4-Player verfügt über ein integriertes FM-Radio, ein elektronisches Photoalbum, Videoplayer, E-Book u.v.m.

Features:

Digital SAT

- MP4 Player
- 1,5 Zoll True Color LCD Display
- 1GB Speicher
- SD/MMC Kartenleser
- USB Anschluss
- Integriertes FM-Radio, Aufnehmen direkt vom FM-Radio oder dem Mikrofon
- Multiformat Unterstützung: MP3, WMA, WAV, JPG
- Video-Player
- Elektronisches Photoalbum
- E-Book
- Eingebauter Lautsprecher
- Eingebautes Mikrofon
- Hold Funktion (Tastatursperre)
- 6 Equalizer-Einstellungen wählbar: Normal, Rock, Jazz, Classic, Pop, Bass
- Eingebauter Li-Ion Akku
- A-B Repeat (Wiederholfunktion)
- Unterstützt 5 verschiedene Sprachen
- Abmessungen (B x H x T): 40 x 69 x 17 mm,
- Gewicht: 44g

09/06

TechniSat Produkte erhalten Sie beim Fachhändler in Ihrer Nähe. Bezugsquellen & Infos unter
www.technisat.de

TechniSat® DIGITAL
DAS ORIGINAL

scharf schärfer DIGITAL

9039/06